想說就說英語會話

里昂◎著

家常會話

跑趴會話

旅遊會話

前言

人生至少要到歐美一次、交一個老外朋友！
到了國外，才知道台灣「好可愛！」
交老外朋友，眼界一開，才知道世界「真有趣！」

本書，有：家常會話、跑趴會話、旅遊會話，讓你跟老外聊不停。

特色有：

一：只要中學50句型，想說什麼就說什麼。

二：句子簡短，照樣溝通，輕易記住！

三：超可愛手繪插圖，學習更開心！

四：都是老外愛用的句型，聊天絕無冷場！

五：一個句型，替換不同單字，讓你輕鬆秀英語！

前　　　言

　　為了要讓您又感動又有趣好學習，本書以彩妝感動上市了。書中不僅加上彩色的插圖，還是用手繪的喔！不僅是手繪的，還有主角在裡面，好像每張圖都在說一個故事呢！這樣用手繪的圖像，不僅讓您看了將會心一笑，還邊感動，邊輕輕鬆鬆記住喔！

　　「我…我…英語…講…講…得不好」這句話用英語說是「My…My…Engllsh…is…is…no good」其實會講這句話，就表示您可以講80% 的生活英語了。因為從這句話知道，您絕對有中學的程度，而用中學程度的英語，其實就可以溜出很棒的生活英語，更可以跟老外天南地北聊個過癮了！

目錄

Part1　日常簡單用語 5

Part2　跟自己有關的話題 15

一、說說自己 16

二、介紹家人 26

三、談天氣 33

四、談個性 40

五、興趣與嗜好 46

六、談電影、電視與音樂 54

Part3　旅遊會話 59

一、在飛機上　60

二、飯店　81

三、用餐　92

四、　購物　110

五、各種交通　134

六、詢問中心　151

七、看病　179

八、遇到麻煩　191

Part4　附錄 194

Part1

日常簡單用語

1 日常用語

1. 你好

CD1-1

你好！
Hello.

嗨！
Hi.

早安。
Good morning.

午安。
Good afternoon.

您好嗎？(初次見面)
How do you do?

你好嗎？
How are you?

很高興認識你！
Nice to meet you!

發生了什麼事？
What's up?

2. 再見

CD1-2

再見！

Good-bye.

再見！

Bye Bye.

回頭見。

See you later.

待會見。

Later.

晚安！

Good night.

祝你有美好的一天。

Have a nice day.

一路順風。

Have a good flight.

保重。

Take care.

3. 回答

是的。
Yes.／Yeah.

是的，沒錯。
Yeah, right.

我明白。
I see.／I think so.

原來如此。
Oh, that's why.

不，謝謝你。
No, thank you.

我可不這麼認為。
I don't think so.

沒關係。
That's ok.

好 ／ 沒問題。
OK.

4. 謝謝

CD1-4

非常感謝。
Thank you very much.

謝謝。
Thanks.

哇，你真好。
Wow, that's so nice of you.

謝謝你的幫忙。
Thanks for your help.

謝謝你抽空。
Thanks for your time.

5. 不客氣

CD1-5

不客氣。
You're welcome.

不必擔心這個。
Well, don't worry about it.

不客氣。
Not at all.

沒問題。
No problem.

這是我的榮幸。
My pleasure.

喔！那沒什麼。
Oh, it's nothing.

真的！那沒什麼。
Really, it's nothing much.

不要在意！
Don't mention it.

6. 對不起

我很抱歉。
I'm sorry.

對不起。
Sorry.

我道歉。
I apologize.

我對那事感到遺憾。
I'm sorry about that.

噢…對不起。
Oops. Sorry.

請原諒我。
Please forgive me.

7. 借問一下

對不起。
Excuse me.

對不起，先生／小姐。
Excuse me, sir／ma'am.

請你告訴我…好嗎？

Would you please tell me…?

有誰知道…

Does anybody know…?

對不起，能打擾你一分鐘嗎？

Excuse me, do you have a minute?

很抱歉打擾你,不過…。

Sorry to bother you, but... .

我可以問／請求…。

May I ask... .

8. 請再說一次

CD1-8

再說一次好嗎？
Pardon?

再說一次好嗎？
Excuse me?

可以請你重複一遍嗎？
Could you please repeat that?

你介意再說一遍嗎？
Do you mind saying that again?

對不起，我剛剛沒有聽清楚。
I'm sorry, I didn't catch that.

你剛剛說什麼？
What did you say?

9. 感嘆詞

（表示驚奇等）啊！糟了！
Gosh!

（表示驚訝,讚賞等）哇！咦！啊！
Gee!

這個嘛！
Well!

（感嘆詞）真是的！
Shoot!

（表示驚訝、狼狽、謝罪等的叫聲）哎喲！
Oops!

得了吧！
Come on!

噢，天啊！
Oh, my!

沒這回事／不可能！
No way!

Part2

跟自己有關
的話題

1 說說自己

1. 我的名字

你叫什麼名字？
What's your name ?

．．

—我叫梅格萊恩。
—**My name is Meg Ryan.**

替換看看			
陳美玲 **Meiling Chen**		金博撒冷 **Kimber Salen**	
鈴木山崎 **Suzuki Yamazaki**		大衛舒茲 **David Shultz**	
吳明 **Ming Wu**		芮妮布迪厄 **Renee Boudrieu**	

2. 我姓史密斯

你姓什麼？
What's your last name ?

．．

—史密斯。
—**Smith.**

替換看看			
詹森 **Johnson**		威廉 **William**	
瓊斯 **Jones**		布朗 **Brown**	

替換看看

大衛 **David**		米勒 **Miller**	
威爾遜 **Wilson**		莫爾 **Moore**	
泰勒 **Taylor**		安德森 **Anderson**	
湯瑪士 **Thomas**		傑克遜 **Jackson**	

例句

你好，我是泰利。

Hello, I'm Terry.

我的名字是美玲，姓陳。

My first name is Meiling and my family name is Chen.

您好嗎？

How do you do?

很高興認識你。

Nice to meet you.

很高興認識你。

Glad to meet you.

很高興認識您。

Pleased to meet you.

很榮幸認識您。

It's a pleasure to meet you.

你叫什麼名字？

What's your name?

跟自己有關
的話題

3. 我來自台灣

CD1-12

你從哪裡來？
Where are you from ?

我來自台灣。
—I'm from Taiwan.

替換看看

中國 **China**		美國 **the U.S.A**	
日本 **Japan**		加拿大 **Canada**	
韓國 **Korea**		北韓 **North Korea**	
印度 **India**		新加坡 **Singapore**	
馬來西亞 **Malaysia**		菲律賓 **the Philippines**	
泰國 **Thailand**		俄羅斯 **Russia**	
瑞典 **Sweden**		瑞士 **Switzerland**	

4. 我住在台北

CD1-13

你住哪裡？
Where do you live ?

—我住在台北。
—I live in <u>Taipei</u>.

替換看看

北京（中國） **Beijing (China)**	華盛頓（美國） **Washington (U.S.A)**
東京（日本） **Tokyo (Japan)**	首爾（南韓） **Seoul (South Korea)**
平壤（北韓） **Pyongyang (North Korea)**	新德里（印度） **New Delhi (India)**
新加坡（新加坡） **Singapore (Singapore)**	吉隆坡（馬來西亞） **Kuala Lumpur (Malaysia)**
馬尼拉（菲律賓） **Manila (Philippines)**	曼谷（泰國） **Bangkok (Thailand)**
羅馬（義大利） **Rome (Italy)**	倫敦（英國） **London (England)**

例句

我是台灣人。
I'm Taiwanese.

你是來自美國的嗎？
Are you from the U.S.A.?

我住在洛杉磯。
I live in Los Angeles.

你英文說的真好。
You speak English very well.

我會說一點點英文。
I speak a little English.

你學英文有多久了？
How long have you studied English?

學了好幾個月。
For several months.

你會說中文嗎？
Can you speak Chinese?

5. 我是英文老師

CD1-14

你從事什麼工作？
What do you do ?
....
—我是英文老師。
—I'm <u>an English teacher</u>.

替換看看

醫生 a doctor	護士 a nurse
律師 a lawyer	商人 a businessperson
作家 a writer	電腦程式員 a computer programmer
記者 a reporter	學生 a student

例句

我在貿易公司工作。
I work in a trading company.

我為政府工作。
I work for the government.

我自己經營事業。
I run my own business.

我開了一家理髮店。
I have a barbershop.

我在大學教書。
I teach in a university.

我是全職的家庭主婦。
I'm a full-time housewife.

我是家庭主婦。
I'm a homemaker.

我自己當老闆做生意。
I'm self-employed.

全職 **full-time**		兼職 **part-time**	
待業中 **unemployed**		正在找工作／待職中 **looking for a job**	
剛畢業 **just graduated from school**		剛退伍 **just got out of the army**	

6. 我想當棒球選手

 CD1-15

你想要從事什麼工作？
What do you want to be ?

一棒球選手。
—A baseball player.

替換看看

作家 **A writer**		翻譯員 **A translator**	
電視節目製作人 **A TV producer**		導遊 **A tour guide**	
老師 **A teacher**		歌手 **A singer**	

科學家 A scientist		總統 A President	
企劃者 A planner		護士 A nurse	
音樂家 A musician		電影明星 A movie star	

7. 這是楊先生

CD1-16

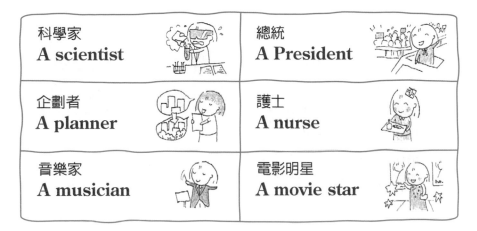

這位是楊先生。
This is Mr. Yang.

一很高興見到你。
Nice to meet you.

替 換 看 看

王 **Wang**		陳 **Chen**		林 **Lin**	
黃 **Huang**		張 **Chang**		李 **Li**	
吳 **Wu**		劉 **Liu**		蔡 **Tsai**	

2 介紹家人

1. 這是我爸爸

CD1-17

這是我爸爸。
This is my <u>father</u>.

替換看看

媽媽 **mother**	哥哥 **older brother**
弟弟 **younger brother**	姊姊 **older sister**
妹妹 **younger sister**	妻子 **wife**
丈夫 **husband**	叔叔、舅舅 **uncle**
姨媽、姑姑 **aunt**	表兄弟姐妹 **cousin**
姪女、外甥女 **niece**	姪子、外甥 **nephew**
兒子 **son**	女兒 **daughter**
祖父 **grandfather**	祖母 **grandmother**

例句

我有一個女兒。
I have a daughter.

他們是我的父母。
They are my parents.

我是家裡的獨生子（獨生女）。
I'm an only child.

我沒有兒女。
I don't have any kids.

我有一個弟弟（哥哥）和兩個妹妹（姊姊）。
I have a brother and two sisters.

我是家裡的老么。
I'm the youngest in my family.

我媽媽去世了。
My mom passed away.

我爸爸獨自撫養我們長大。
My dad raised us by himself.

他必須非常辛苦的工作。
He had to work very hard.

我們互相照顧對方。
We took care of each other.

他不曾再婚。
He never remarried.

我們非常想念我們的母親。
We miss our mom very much.

2. 哥哥是汽車行銷員

CD1-18

你哥哥（弟弟）從事什麼工作的？
What does your brother do?

我哥哥（弟弟）是汽車行銷員。
My brother is a car dealer.

他在一家速食餐廳打工。
He works part-time in a fast food restaurant.

我爸爸擁有一間婚紗攝影室。

My dad has a wedding studio.

她就讀研究所。

She's in graduate school.

她在花旗銀行工作。

She works at City Bank.

他們是開花店的。

They are florists.

他剛退伍。

He just got out of the army.

他正在找工作。

He is between jobs.

我的哥哥（弟弟）從事他技術專長的工作。

My brother is working on his skill set.

3. 我妹妹有點害羞

CD1-19

我妹妹（姊姊）有一點害羞。
My sister is a little <u>shy</u>.

替換看看

溫柔 gentle		安靜 quiet	
外向 outgoing		固執 stubborn	
勤快 diligent		慷慨 generous	
急性子 hot-tempered			

例句

我妹妹（姊姊）是個可愛的女生。
My sister is a sweet girl.

我弟弟（哥哥）沒有女朋友。
My brother doesn't have a girlfriend.

他擅長運動。
He is good at sports.

她網球打得很好。

She plays tennis very well.

她住在香港。

She lives in Hong Kong.

我父親非常隨和。

My father is very easygoing.

我的朋友都很喜愛我的父母親。

My friends love my parents.

我女兒主修音樂。

My daughter majors in music.

我妹妹（姊姊）很少與人來往。

My sister keeps to herself a lot.

她很聰明,不過她不太發表意見。

She's very smart, but she doesn't say much.

可愛的、小巧玲瓏的 **cute**	漂亮的、秀麗的 **pretty**
苗條的、纖細的 **slim**	圓胖的、豐滿的 **chubby**
肥胖的 **fat**	皮包骨的、極瘦的 **skinny**
已婚的、有配偶的 **married**	單身的、未婚的 **single**

3 談天氣

1. 今天真熱

CD1-20

今天真熱。
It's <u>hot</u> today.

替換看看

涼快的 **cool**		冷的、寒冷的 **cold**	
多雲的、陰天的 **cloudy**		溫暖的、暖和的 **warm**	
潮濕的 **humid**		有霧的、多霧的 **foggy**	
有起風 **windy**		下雨的、多雨的 **rainy**	

例句

今天天氣如何？
How's the weather today?

天氣真棒。
The weather is great.

天氣晴朗。
It's a sunny day.

下著大雨。
It's raining hard.

多雲。
It's cloudy.

天色看起來好像要下雨。
It looks like it's going to rain.

我們這裡明天颳颱風。
We'll have a typhoon tomorrow.

天啊！天氣變得那麼快。
Man! It changed so fast.

外面風還蠻大的。
It's pretty windy out there.

真是個萬里晴空的日子！
What a clear day!

氣溫幾度？
What's the temperature?

34度。
It's 34 degrees.

好用單字			
度、度數 **degree(s)**		攝氏溫度 **Centigrade**	
華氏溫度 **Fahrenheit**		溫度計 **thermometer**	
*雨衣 **raincoat**		*雨傘 **umbrella**	
*下大雨 **a heavy rain**		*淋濕 **to be soaked**	

2. 紐約天氣怎麼樣

紐約的天氣怎麼樣？
How is <u>the weather</u> in New York？

替換看看

春天 spring	夏天 summer
秋天 fall／autumn	冬天 winter

例句

夏天炎熱。
It's hot in the summer.

有時候下午會下雨。
It rains sometimes in the afternoon.

在這裡，秋天是最棒的季節。
Fall is the best season of the year here.

這裡天氣涼快的程度和加州差不多。
The weather is about as cool as it is in California.

36

雨季是從四月到八月。

The rainy season is from April to August.

一月份和二月份常常會下雪。

It snows often in January and February.

春天是很美妙的。

Spring Is lovely.

這裡的冬天通常很冷。

The winters are usually chilly here.

3. 明天會下雨嗎

明天會下雨嗎？
Will we have <u>rain</u> tomorrow?

替換看看

雪 **snow**		雨 **rain**	
颱風 **a typhoon**		雷陣雨 **thundershowers**	
霧 **fog**		颶風 **a hurricane**	
冰雹 **hail**		冷鋒面 **a cold front**	

例句

本週末會變得比較涼快。
It will become cooler this weekend.

本週三會刮颱風。
We'll have a typhoon this Wednesday.

明天的天氣如何？
How will the weather be tomorrow?

明天可能會下雨。

It might rain tomorrow.

傍晚溫度會下降2至3度。

The temperature will drop 2 to 3 degrees in the evening.

4 談個性

1. 我的生日是三月二十四日

CD1-23

你的生日在什麼時候？

When is your birthday?

──我的生日是三月二十四日。

—My birthday is on <u>March 24th</u>.

替換看看

一月二十日 **January twentieth**	二月二日 **February second**
三月十六日 **March sixteenth**	四月一日 **April first**
五月十四日 **May fourteenth**	六月十一日 **June eleventh**
七月三日 **July third**	八月八日 **August eighth**

例句

你是幾年出生的？

What year were you born?

我是1975年出生的。

I was born in 1975.

我的生日是在五月。
My birthday is in May.

你會在生日做些什麼？
What will you do on your birthday?

我今年就二十歲了。
I will be twenty this year.

2. 我是雙子座

CD1-24

你是什麼星座呢？
What's your sign?

—我是雙子座。
—I'm a Gemini.

替換看看

白羊座 **Aries**		金牛座 **Taurus**	
雙子座 **Gemini**		巨蟹座 **Cancer**	

獅子座 **Leo**		處女座 **Virgo**	
天秤座 **Libra**		天蠍座 **Scorpio**	
射手座 **Sagittarius**		摩羯座 **Capricorn**	
水瓶座 **Aquarius**		雙魚座 **Pisces**	

例句

我猜你一定是處女座。

I bet you are a Virgo.

雙魚座非常有藝術氣息。

Pisces are very artistic.

射手座很活潑外向。

Sagittarius are active and out-going.

跟自己有關
的話題

你完全不像天秤座。
You are not like a Libra at all.

我不相信那一套。
I don't believe in that kind of stuff.

這完全不合理。
It just doesn't make any sense.

你每天都會看你的星座運勢嗎？
Do you read your horoscope every day?

我媽媽和我太太都是魔羯座的。
My mother is a Capricorn and so is my wife.

我認為星座占卜很有意思。
I think astrology is very interesting.

巨蟹座是很情緒化的。
Cancers are highly emotional.

雅緻的、優美的 elegant	吹毛求疵的、挑剔的 picky
獨立的、自主的 independent	樂觀的 optimistic
有耐心的、能忍受的 patient	隨和的 easygoing
倔強的、頑固的 stubborn	悲觀的 pessimistic

3. 我覺得她很多愁善感

CD1-25

我覺得她很多愁善感。

I think she's very <u>sentimental</u>.

替換看看

浪漫的、多情的 romantic	被動的、消極的 passive
主動的、活潑的 active	負責任的 responsible
敏感的、靈敏的 sensitive	擅長交際的 sociable

例句

我受不了她！
I can't stand her!

她就是不能閉嘴。
She never shuts up.

我想她只是日子不太好過。
I think she's just having a hard time.

我對某些事情抱著極負面的想法。
I'm very negative about some things.

你總是看事情好的一面。
You always look on the brlght side.

你真是非常仁慈。
You really are very kind.

他正好不是我喜歡的那一型。
He's just not my type.

他經常道人長短。
He gossips a lot.

5 興趣與嗜好

1. 我喜歡看小說

你週末喜歡做什麼？
What do you like to do on the weekend？

—我喜歡閱讀小說。
—I love <u>reading novels</u>.

替換看看

逛街 **to go shopping**	看電視 **watching TV**
健行 **to go hiking**	和家人共度 **spending time with my family**
和朋友去KTV唱歌 **going to KTV with friends**	只要跟你在一起 **just being with you**

例句

我喜歡開車兜風
I like driving around.

我喜歡旅行。
I like to go traveling.

我什麼都不能做。我要工作。
I can't do anything. I have to work.

不做什麼。只在家休息。
Nothing special. Just resting at home.

我週末有兼差的工作。
I have a part-time job on the weekend.

我喜歡去看棒球比賽。
I like to go to a baseball game.

明天我們要外出去旅行。
Tomorrow we will go out for a trip.

我一直都很期待這個。
I'm really looking forward to this.

這聽起來很有趣。
That sounds fun.

那真是糟糕。
That's awful.

2. 我喜歡打籃球

你喜歡運動嗎？
Do you like sports ?

—喜歡，我喜歡打籃球。
—Yeah, I love playing basketball.

替換看看

美式足球 **football**		足球 **soccer**	
高爾夫球 **golf**		網球 **tennis**	
羽毛球 **badminton**		曲棍球 **hockey**	
排球 **volleyball**		壘球 **softball**	

例句

我是洋基隊的忠實球迷。

I'm a big Yankees fan.

我不會錯過ESPN播放的任何一場比賽。

I never miss a game on ESPN.

我喜歡看美式足球賽。

I love football games.

你想要找個時間一起打網球嗎？

Do you want to play tennis together sometime?

好的，我們找個時間打球吧。

Yeah, let's do it sometime.

這個嘛，我不太擅長運動。

Well, I'm not too good at sports.

籃球是我喜愛的運動。

Basketball is my favorite sport.

你知道怎麼滑水嗎？

Do you know how to water-ski?

我是第一次。

This is my first time.

你會潛水嗎？
Can you dive?

我很喜歡潛水。
I like diving very much.

不，我不知道怎麼做。
No, I don't know how.

3. 我不玩團隊運動，但我游泳

CD1-28

我不玩團隊運動，但我游泳。
I don't do team sports, but I <u>swim</u>.

替換看看

騎腳踏車 **go biking／ go cycling**		釣魚 **go fishing**	
做有氧運動 **do aerobics**		慢跑 **go jogging**	
空手道 **do karate**		衝浪 **go surfing**	

替換看看

做瑜珈 do yoga		攀岩 go rock climbing	
滑雪 go skiing		去健身房健身 work out in the gym	

例句

你做運動嗎？

Do you do exercises?

你多久去一次健身房健身？

How often do you work out in the gym?

哇！這聽起來很有趣。

Wow, that sounds fun.

這很難嗎？

Is that difficult?

我不看ESPN的。

I don't watch ESPN.

那次登山旅行你玩得愉快嗎？

Did you enjoy the mountaineering trip?

我很喜歡。

I liked it very much.

我喜歡自己一個人運動。

I enjoy exercising on my own.

4. 我的嗜好是收集卡片

CD1-29

你的嗜好是什麼？

What's your hobby?

—我的嗜好是收集卡片。

—**My hobby is <u>collecting cards</u>.**

替換看看

聽音樂 **listening to music**		唱卡拉OK **karaoke**	
看電影 **watching movies**		閱讀 **reading**	

替換看看

看電視 **watching TV**	上網 **browsing the Internet**
玩電視遊樂器 **playing video games**	畫圖 **drawing pictures**
彈鋼琴 **playing the piano**	彈吉他 **playing the guitar**
烹飪 **cooking**	購物 **shopping**
旅遊 **traveling**	高爾夫 **golf**

6 談電影、電視與音樂

1. 我喜歡動作片

CD1-30

你喜歡什麼類型的電影？
What kind of movies do you like ?

―我喜歡動作片。
―I like <u>action movies</u>.

替換看看

愛情片 **romance movies**		戲劇 **dramas**	
悲劇 **tragedies**		漫畫 **comics**	
*喜劇 **comedies**		動畫 **animations**	
懸疑片 **mysteries**		科幻片 **science-fiction ／sci-fi**	
	恐怖片 **horror movies**		

例句

「親家路窄」是我喜愛的喜劇。

***Meet the Parents* is my favorite comedy.**

音效做得真棒！

The sound effects are great.

跟自己有關
的話題

天吶！那真是一部很傷感的電影。
Man! That was a sad movie.

是的，卡司陣容堅強。
Yeah, just a big cast.

喔，那是一部經典電影。
Oh, that's a classic.

最後一幕叫人非常沮喪。
The last scene is very depressing.

很有趣，而且很刺激。
It was very interesting and exciting.

英雄的演技太棒了！
The hero's acting is wonderful.

我真的太喜歡那個角色了！
I really love that character.

我也是。
Me too!

和電影相比，我更喜歡談話性節目。

I prefer talk shows to movies.

我一個月大概會看一兩次電影。

I go to the movies once or twice a month.

*一起看電視好嗎？

Shall we watch TV?

*你喜歡看什麼電視節目？

What kind of TV shows do you enjoy?

好用單字

票房賣座 **box-office hit**		劇情 **plot**	
預告片 **preview**		最佳電影 **best picture**	
男主角 **leading actor**		女配角 **supporting actress**	
視覺效果 **visual effects**		主題 **theme**	

2. 你喜歡古典樂嗎？

CD1-31

你喜歡古典樂嗎？
Do you like <u>classical music</u>？

替換看看

古典樂 classical music	流行樂 popular music
爵士樂 jazz	歌劇 opera
重金屬 heavy metal	搖滾樂 rock and roll
情歌 love songs	鄉村音樂 country music
抒情音樂 soft music	饒舌 rap
籃調音樂 R&B(rhythm & blues)	*交響樂 symphonic music

57

例句

我喜歡它的歌詞。
I like the lyrics.

我不喜歡重節奏。
I don't like strong beats.

我想去聽音樂會。
I want to go to the concert.

音樂會如何？
How was the concert?

他有很棒的嗓子。
He has a great voice.

這個嘛，我受不了饒舌。
Well, I can't stand rap.

古典音樂常讓我想睡覺。
Classical music puts me to sleep.

比莉哈樂黛是我喜愛的爵士歌手。
Billie Holiday is my favorite jazz singer.

Part3

旅遊會話

1 在飛機上

1. 我要柳丁汁

CD1-32

您想要喝點什麼嗎？
Would you like something to drink？

一橘子汁，謝謝。
—Orange juice, please.

替換看看			
咖啡 **Coffee**		茶 **Tea**	
蘋果汁 **Apple juice**		汽水 **Soda**	
水 **Water**		紅酒 **Red wine**	
啤酒 **Beer**			

例句

請不要加冰塊。
No ice, please.

請再給我一杯啤酒。
Another beer, please.

請給我一些花生。
Some peanuts, please.

請給我一支吸管。
A straw, please.

請幫我多加一點冰塊。
More ice, please.

請幫我再回沖咖啡。
A refill, please.

請給我一整罐。
The whole can, please.

一杯雞尾酒要多少錢？
How much is a cocktail?

這是現搾的新鮮果汁嗎？
Is the juice fresh-squeezed?

麻煩一下，我要去咖啡因的。
Decaf, please.

2. 給我雞肉飯

CD1-33

要雞肉飯還是魚排麵？
Chicken rice or fish noodles？

－雞，謝謝你。
—Chicken, please.

替換看看			
麵包 **Bread**		沙拉 **Salad**	
水果 **Fruit**		牛肉 **Beef**	
豬肉 **Pork**		素菜餐 **A vegetarian meal**	
兒童餐 **A child's meal**		牛排 **Steak**	

例句

我已經叫了一份嬰兒餐。
I ordered an infant meal.

你們有沒有泡麵？
Do you have instant noodles?

我可以再要一份餐嗎？
Can I have another meal?

可以，如果我們有剩的話。
Yes, if we have any left.

對不起，我們只剩魚麵。
Sorry, we only have fish noodles left.

可以請你幫我清一下餐盤嗎？
Can you please clear my tray?

幾點開始供應晚餐？
What time will dinner be served?

我討厭飛機食物。
I hate airplane food.

3. 請給我一條毛毯

CD1-34

請給我一條毛毯好嗎？
May I have <u>a blanket</u>, please ?

替換看看

一個枕頭 **a pillow**	耳機 **ear phones**
一份中文報紙 **a Chinese newspaper**	
免稅商品目錄 **the duty-free catalogue**	
小孩子可以玩的東西 **something for my kids to play with**	

4. 請問廁所在哪裡

CD1-35

對不起，請問廁所在哪裡？
Excuse me, where is <u>the bathroom</u> ?

替換看看

洗手間 **the lavatory**	商務客艙 **business class**
我的安全帶 **my seat belt**	閱讀燈 **the reading light**

逃生門 **the emergency exit**	救生衣 **life vest**

例句

我的旅行袋放不進去。
My bag won't fit.

對不起。
Excuse me.

我可以跟你換位子嗎？
Can I switch seats with you?

我可以把椅子放下來嗎？
Can I recline my seat?

對不起，麻煩你把椅子拉上好嗎？
Excuse me, can you put your seat up, please?

這是免費的嗎？
Is this free?

洛杉磯現在是幾點？

What time is it in Los Angeles?

您說什麼？

Pardon me?

上午7點40分。

It's seven forty a.m.

這趟班機會播放哪一部電影？

What movies will you be showing on this flight?

我可以坐在緊急出口處的那排座位嗎？

Can I sit in an exit row?

我想要有更多空間把腳伸直。

I like the extra leg room.

5. 跟鄰座乘客聊天

CD1-36

你會說英文嗎？
Can you speak English?

—會，會一點。
—Yes, a little.

替換看看

日文 **Japanese**	中文 **Chinese**
德文 **German**	西班牙文 **Spanish**
台語 **Taiwanese**	法文 **French**

例句

我正在學習中。
I'm learning.

我的英文不太好。
My English is not good.

你要去哪裡？
Where are you going?

6. 我是來觀光的

CD1-37

你旅行的目的為何？
What is the purpose of your visit?

—觀光。
—**Sight-seeing.**

替換看看

讀書 **For study**		工作 **Business**	
探親 **Visiting relatives**		拜訪朋友 **Visiting friends**	

7. 我住達拉斯的假期酒店

CD1-38

你會待在哪裡？
Where will you stay?

—達拉斯的假期酒店。
—**At the Holiday Inn in Dallas.**

替換看看

和朋友住 **With my friends**		和家人 **With family**	
和同事 **With my colleague**		在希爾頓飯店 **At the Hilton**	

是的，現在是到西雅圖旅行的最好時間。
Yeah, it's the best time to visit Seattle.

你是為了公事出差還是休閒旅遊？
Are you traveling for business or for pleasure?

我希望我可以去澳洲渡個假。
I wish I could take a vacation to Australia.

你喜歡飛機上的食物對吧？
Don't you just love airplane food?

你有小孩嗎？
Do you have any kids?

我兒子在美國讀書。
My son is studying in the States.

你來自歐洲嗎？
Are you from Europe?

替 換 看 看

在學校的宿舍
In the school dorms／In the school dormitory

例句

你有朋友的地址嗎？
Do you have your friend's address?

我現在沒有帶地址。
I don't have the address with me now.

我朋友住在芝加哥。
My friend lives in Chicago.

我不太會說英文。
I don't speak English well.

我兒子會在甘迺迪機場接我。
My son will pick me up at JFK Airport.

是的，這是飯店的地址。

Yeah, the address of the hotel is here.

租車服務台在哪裡？

Where are the car rental agencies?

旅館有提供小型巴士載客服務嗎？

Does the hotel have a van?

8. 我停留十四天

CD1-39

你會停留多久呢？

How long will you stay ?

—十四天。

—14 days.

替換看看

只有五天 **Only five days**		一個禮拜 **A week**	
大概兩個禮拜 **About two weeks**		一個月 **A month**	
大概十天 **About ten days**		半年 **Half a year**	

9. 我要換錢

我想兌換五千台幣,謝謝你。

I want to exchange 5000 NT dollars, please.

現在的兌幣匯率是多少?

What is the exchange rate?

旅行支票兌現,麻煩你。

I'd like to cash a traveler's check, please.

台幣換成美金。

From NT to US dollars.

台幣換成歐元。

From NT to Euros.

你可以把一百元換成小鈔嗎?

Can you break a hundred?

麻煩你給我一些小鈔。

Small bills, please.

手續費是多少錢？

How much is the commission?

請在這裡簽名。

Please sign here.

護照，麻煩你。

Passport, please.

10. 您有需要申報的東西嗎？

CD1-41

麻煩你把袋子打開。這是什麼？

Would you open your bag, please？ What's this？

這是我的照相機。

—It's my camera.

替換看看			
化妝品 **make-up**		胃藥 **medicine for my stomach**	
安眠藥罐 **bottle of sleeping pills**		筆記型電腦 **lap-top computer**	

給我孫子的禮物 **gift for my grandson**	*書 **book**
*衣服 **clothes**	

例句

先生，有需要申報的東西嗎？

Anything to declare, sir?

你想要檢查多少個旅行袋？

How many bags do you want to check?

你有多少行李？

How many pieces of luggage do you have?

我可以在哪裡拿到行李推車？

Where can I get a luggage cart?

行李領取處在哪裡？

Where is the baggage claim?

失物招領處在哪裡？

Where is the lost and found?

請問處理遺失行李的櫃檯在哪裡？

Where is the lost luggage counter?

我想我的背包已經被用壞了。

I think my bag has been damaged.

我該怎麼申請賠償？

How can I file for compensation?

我該去哪裡通過海關檢查？

Where can I go through customs?

好的，你現在可以離開了。

OK, you can go now

手提行李	超重
carry-on bag	**overweight**
經濟客艙	商務客艙
economy class	**business class**
頭等艙	檢查
first class	**check**
機場服務中心	公事包
Airport Information Center	**briefcase**

11. 轉機

CD1-42

轉機服務台在哪裡？

Where is the transfer desk?

我要過境到達拉斯。

I need to transit to Dallas.

班機何時出發？

When will the flight depart?

登機時間是幾點？
What's the boarding time?

16號登機門在哪裡？
Where is Gate No. 16?

我該如何去第三航廈？
How do I get to Terminal 3?

我必須再檢查一次背包。
I need to recheck my bags.

我需要辦新的登機證嗎？
Do I need a new boarding pass?

12. 怎麼打國際電話

CD1-43

對不起，你有一元美金的零錢嗎？
Excuse me, do you have change for a dollar?

撥打本地電話是多少錢？
How much is a local call?

35塊錢可以打幾分鐘的電話？
35 for how many minutes?

這附近有公共電話嗎？
Is there a public phone around here?

你可以教我怎麼打電話嗎？
Can you show me how to make a phone call ?

要怎麼打對方付費的電話？
How do you make a collect call?

撥0就可以了，接線員會幫你服務。
Just dial "0". The operator will help you.

我想要打一通對方付費的電話。
I'd like to make a collect call.

13. 我要打市內電話

CD1-44

喂！
Hello !

嗨！我是南希，包伯在家嗎？
Hi. This is Nancy. Is Bob there?

他剛剛外出。
He just stepped out.

請你轉告他，我來電過，待會兒再打給他。
Would you please tell him that I called and I'll call back later.

好的，我會轉告他的。
Ok. I'll give him the message.

美國錢幣介紹

一元鈔票 **a dollar bill**		1便士：一分錢 **a penny: 1 ¢ (cent)**	
五分錢 **a nickel: 5 ¢**		1角：10分錢 **a dime: 10 ¢**	

2角5分 **a quarter: 25** ¢		五角銀幣 **a fifty-cent piece:** **50** ¢	
一元硬幣 **one-dollar coin:** **$1.00**		五元紙鈔 **five-dollar bill:** **$5.00**	

14. 請給我一份市區地圖

CD1-45

請給我一份市區地圖。
A city map, please.

紐約市導覽 **A New York** **City Guide**		一日遊資訊 **One-day Tour** **Info**	
滑雪行程資訊 **Skiing Tour Info**		公車路線說明（地圖） **Bus routes (map)**	
市區飯店清單 **A list of hotels downtown**			

2 飯店

1. 我要訂一間單人房

CD1-46

我要預約單人房。

I want to reserve <u>a single room</u>.

替換看看

雙人床	兩張床
a twin room	**a double room**
四人房間	附淋浴的房間
a four-person room	**a room with a shower**
附冷氣的房間 **a room with air-conditioning**	
可以看到海的房間  **a room with an ocean view**	

序數的說法

一 **first**		二 **second**	
三 **third**		四 **fourth**	
五 **fifth**		六 **sixth**	

2. 我要住宿登記

CD1-47

我叫陳明。
My name is Chen Ming.

我有預約。
I have a reservation.

我沒有預約。
I don't have a reservation.

我今晚想住宿。
I need a room for the night.

有空房間嗎?
Do you have a room available?

我們有訂房,名字是陳明。拼法是C-H-E-N M-I-N-G。
We have a reservation under Chen Ming.
That's C-H-E-N M-I-N-G.

我們何時可登記入住？
When can we check in?

我現在可以住宿登記嗎？
Can I check in now?

包含早餐嗎？
Is breakfast included?

電梯哪裡？
Where is the elevator?

你可以給我飯店的號碼嗎？
Can you give me the hotel's number?

一晚住宿是多少錢？
How much for one night?

還有更便宜的房間嗎？
Are there any cheaper rooms?

你有大一點的房間嗎？
Do you have a bigger room?

三個人可住在同一間房間嗎？

Can three people stay in a room?

退房是幾點？

When is the checkout time?

3. 我要客房服務

CD1-48

有提供客房服務嗎？

Do you have room service?

客房服務您好，有什麼我可以效勞的嗎？

Room Service, may I help you?

這裡是503號房。我想要叫早餐。

Yes, this is room 503. I'd like to order some breakfast.

你們有洗衣服務嗎？

Do you have laundry service?

我想打市內電話。

I want to make a local call.

我想打長途電話。

I want to make a long-distance call.

我想打國際電話。

I want to make an international call.

我想寄明信片。

I'd like to send a postcard.

我要傳真。

I'd like to send a fax.

我可以用網路嗎？

Could I use the Internet?

4. 麻煩給我兩杯咖啡

CD1-49

可以麻煩給我兩杯咖啡嗎？

Would you bring me <u>two cups of coffee</u>?

替換看看

| 一杯茶 <br> a cup of tea | | 一杯啤酒 <br> a glass of beer | |

一壺熱開水 **a pot of hot wate**		一些新鮮水果 **some fresh fruit**	

5. 我要吐司

CD1-50

我要吐司。

I'd like <u>toast</u>.

替換看看

煎餅 **pancakes**		培根 **bacon**	
火腿加蛋 **ham and eggs**		比薩 **pizza**	
三明治 **a sandwich**		臘腸 **sausage**	

6. 房裡冷氣壞了

CD1-51

我房間的<u>電視</u>壞了。

The <u>TV</u> in my room is broken.

替換看看

鎖 **lock**		暖氣 **heater**	

旅遊會話

迷你吧 **mini-bar**		按摩浴缸 **Jacuzzi**	
冷氣 **air conditioner**		鬧鐘 **alarm clock**	
吹風機 **hair-drier**		傳真 **fax machine**	

我可以要一條乾淨的床單嗎？

Can I have <u>a clean sheet</u>, please?

替換看看

一些衣架 **some hangers**		一些冰塊 **some ice**	
枕頭 **a pillow**		一些乾淨的毛巾 **some clean towels**	
熨斗 **an iron**		吹風機 **a hair-drier**	

例句

我把鑰匙忘在房裡了。

I left my key in the room.

我鑰匙丟了。

I've lost my key.

我忘記我的房號了。

I forgot my room number.

請換床單。

Please change the sheets.

馬桶的水沖不下去。

The toilet doesn't flush well.

沒有毛巾。

There are no towels.

沒有衛生紙。

There's no toilet paper.

你可以教我怎麼用保險箱嗎？

Could you show me how to use the safe?

我可以換到禁煙的房間嗎？

Can I change to a non-smoking room?

請清掃我的房間。

Please clean up my room.

好用單字

毛毯 blanket		肥皂 soap	
棉被 comforter		床單 sheet	
（電線）插頭 power outlet		插座 plug	
床罩 bed spread		檯燈 lamp	
水龍頭 faucet		浴缸 bathtub	
（櫃台）保險櫃 safe deposit box		冰箱 refrigerator	

7. 我要退房

CD1-52

我想退房。
I want to check out.

我幾分鐘後就退房。
I'll be checking out in a few minutes.

我很急。
I'm in a hurry.

麻煩你請人上來幫忙我拿行李好嗎？
Can you send someone up for my luggage, please?

請問我可以延長我的住房天數嗎？
Is it possible for me to extend my stay?

我覺得可能有錯誤。
I think there might be a mistake.

這一項是什麼？
What is this entry for?

我沒使用迷你吧。

I didn't use the mini-bar.

我沒有叫客房服務。

I didn't order room service.

這含稅嗎？

Is this including tax?

請問你們接受現金嗎？

Do you accept cash?

你們接受信用卡嗎？

Do you accept credit cards?

3 用餐

1. 附近有義大利餐廳嗎

CD1-53

附近有義大利餐廳嗎？

Is there <u>an Italian restaurant</u> around here ?

替換看看

日式餐廳 **a Japanese restaurant**	墨西哥餐廳 **a Mexican restaurant**
印度餐廳 **an Indian restaurant**	中國餐廳 **a Chinese restaurant**
韓國餐廳 **a Korean restaurant**	越南餐廳 **a Vietnamese restaurant**
印尼餐廳 **an Indonesian restaurant**	泰國餐廳 **a Thai restaurant**
義大利餐廳 **an Italian restaurant**	西班牙餐廳 **a Spanish restaurant**

例句

他們有海鮮嗎？

Do they have seafood?

那裡的菜好吃嗎？
Is the food good there?

那裡有什麼好吃的菜？
What's good there?

它在哪裡？
Where is it?

你推薦些什麼？
What do you recommend?

那很貴嗎？
Is it expensive?

你覺得酒單的內容如何呢？
How is the wine list?

那裡的氣氛怎麼樣？
What's the atmosphere like?

2. 我要預約

CD1-54

我要預約兩人，今晚六點。

I want to make a reservation for 2 people at 6:00 tonight.

替換看看

八人／今晚七點
8 people／7:00 tonight

四人／明晚約八點
4 people／8:00 tomorrow night

兩人／週六晚上六點
2 people／6:00 on Saturday night

兩大人和一小孩／7月7日十二點
2 adults and 1 child／12:00 on July 7t|

例句

套餐多少錢？

How much is the set meal?

我們可以坐靠窗的位子嗎？

Can we have a table by the window?

有沒有吸煙區？
Is there a smoking section?

有。
Yes.

沒有。
No.

你們有服儀規定嗎？
Do you have a dress code?

有的，請您穿外套繫領帶。
Yes, please wear a jacket and a tie.

不，我們沒有（規定）。
No we don't have one.

可以讓寵物進去嗎？
Are pets allowed?

我們要等多久？
How long is the wait?

3. 我要點菜

CD1-55

我已準備好要點菜。

I'm ready to order.

麻煩你給我看一下菜單。

Can I see a menu, please?

你推薦些什麼呢？

What do you recommend?

要不要來點魚和馬鈴薯片？

How about some fish and chips?

你們有什麼沾醬？

What kind of dressing do you have?

你們有沒有其它不同的沙拉醬？

Do you have any different salad dressings?

我要這個。

This one, please.

我可以要一個小盤子嗎？

Can I have a small plate, please?

水就可以了，謝謝。
Just water, thanks.

今天的特餐是什麼？
What is today's special?

4. 你有義大利麵嗎？

CD1-56

你有義大利麵嗎？
Do you have spaghetti?

替換看看

漢堡 **hamburgers**		牛肉湯麵 **beef noodle soup**	
比薩 **pizza**		三明治 **sandwich(es)**	
火鍋 **hot pot**		生魚片 **sashimi**	
咖哩飯 **curry rice**		烤馬鈴薯 **baked potatoes**	
韓國烤肉 **Korean BBQ（barbecues）**			

5. 給我火腿三明治

CD1-57

給我火腿三明治。
I'll have the <u>ham sandwich</u>.

替換看看

燉牛肉 **beef stew**	漢堡肉排 **hamburg steak**
蒸龍蝦尾 **steamed lobster tail**	烤鮭魚 **grilled salmon**
烤劍魚排 **grilled swordfish steak**	煎焗彩紅鱒魚 **pan-fried rainbow trout**

烤蝦 & 扇貝
grilled shrimp & scallops

6. 給我果汁

CD1-58

要不要喝點什麼?
Would you like something to drink?

－好,請給我咖啡。
－Yes. I'd like <u>coffee</u>, please.

替換看看

果汁 **juice**	礦泉水 **mineral water**

茶 **tea**		熱可可 **hot chocolate**	
可樂 **Coke**		冰沙 **a smoothie**	
蘋果西打 **apple cider**		檸檬汽水 **lemon fizz**	
冰咖啡 **iced coffee**		濃縮咖啡 **espresso**	
卡布奇諾 **cappuccino**		歐雷咖啡(拿鐵咖啡) **cafe au lait**	

7. 給我啤酒

CD1-59

您想要喝什麼呢？
What would you like to drink?

—啤酒，麻煩你。
—Beer, please.

替換看看

| 一杯葡萄酒
A glass of wine | | 自製的酒
House wine | |

99

替換看看

威啤酒 **Budweiser**	一瓶啤酒 **A bottle of beer**
生啤酒 **Draft beer**	雪利酒 **Sherry**
白酒 **White wine**	紅酒 **Red wine**
白蘭地 **Brandy**	香檳 **Champagne**

8. 我還要甜點

CD2-1

你想要來點蛋糕嗎？

Do you want some cake?

一當然！

—Sure!

替換看看

冰淇淋 **some ice cream**	蘋果派 **some apple pie**
聖代 **a sundae**	香蕉奶昔 **a banana milk shake**

起司蛋糕 **some cheesecake**	櫻桃派 **some cherry pie**
巧克力蛋糕 **some chocolate cake**	覆盆子塔 **some raspberry tart**
鬆餅 **a waffle**	布朗尼（果仁巧克力） **a brownie**

你想吃甜點（喝飲料）嗎？
Do you want some dessert(drink) ?
—起司蛋糕，麻煩你。
—Cheese cake, please.

替換看看

冰淇淋 **Ice cream**	*布丁 **Pudding**
馬芬（杯子蛋糕） **A muffin**	*司康 **A scone**
無咖啡因咖啡 **Decaf coffee**	*冰摩卡咖啡 **An iced-mocha**
黑咖啡 **Black coffee**	*只要糖，不要奶精。 **Sugar and no cream**

例句

你們有餐巾嗎？

Do you have a napkin?

請回沖，謝謝。

I'd like a refill, please.

這是冰淇淋派嗎？

Is the pie a la mode?

可以再給我一些麵包嗎？

Some more bread, please?

可以幫我拿一下鹽嗎？

Could you pass the salt, please?

可以給我水嗎？

Can I have some water?

不好意思，我的叉子（刀子／湯匙）掉了。

Excuse me, I dropped my fork (knife／ spoon).

我可以要一個茶匙嗎？
Can I have a teaspoon?

我叫了咖啡，但是還沒有來。
I ordered coffee, but it hasn't come yet.

這個蛋糕真好吃，我一定要找到它的食譜。
This cake is delicious. I must get the recipe.

9. 吃牛排

CD2-2

你的牛排要幾分熟？
How do you like your steak？

—三分。
—**Rare.**

替換看看

五分 **Medium**		七分 **Medium-well**	
	全熟 **Well-done**		

馬鈴薯泥 **mashed potatoes**	雞胸肉 **chicken breast**
小牛肉 **veal**	羊肉 **mutton**
龍蝦 **lobster**	大蝦 **prawns**
鮭魚 **salmon**	生蠔 **oysters**
沙朗牛排 **sirloin**	

10. 墨西哥料理也不錯

CD2-3

替換看看

脆塔可餅 **taco**	墨西哥捲 **fajita**
辣椒起司薄片 **nachos**	墨西哥玉米脆片 **chips**
墨西哥玉米薄餅 **tortillas**	酪梨 **avocado**

墨西哥點心 **sopapillas**	莎莎醬（墨西哥醬料） **salsa**
起司 **queso**	

11. 在早餐店

CD2-4

你要怎樣料理你的雞蛋？
How do you want your eggs?

炒的。
Scrambled.

替換看看

單面煎 **Sunny-side up**	荷包蛋 **Over-easy**
半熟荷包蛋 **Over-medium**	
煮（生蛋整顆放到水裡煮熟） **Boiled**	
水煮（生蛋去殼放到水裡煮熟） **Poached**	

12. 在速食店

CD2-5

我要一個起司漢堡。
I want <u>a cheeseburger</u>.

替換看看

一個麥香堡 **a Big Mac**		一些雞塊 **some chicken nuggets**	
一個魚排堡 **a fish-fillet**		一份大薯條 **a large fries**	
一個蘋果派 **an apple pie**		一個冰淇淋 **an ice cream**	
一個草莓聖代（巧克力／香草） **a strawberry sundae（chocolate／vanilla）**			
一個火雞肉三明治 **a turkey sandwich**			

例句

內用或是外帶？
For here, or to go?

內用，謝謝。
For here, please.

外帶，謝謝。
Make it to go, please.

可樂要多大杯？
What size (of) Coke would you like?

我要大（中／小）的。
Large(medium／small),please.

您要哪種麵包？
What kind of bread would you like?

您要放蕃茄醬嗎？
Would you like ketchup on it?

我不要洋蔥。
Without onions, please.

13. 付款

我去拿帳單。
Let me get the bill.

我們各付各的吧。
Let's go Dutch.

我來付帳。
It's on me.

我堅持這次由我來付帳。
It's my treat. I insist.

麻煩你，我要買單。
Can I have the bill, please?

在這裡付，還是在櫃台付？
Do I pay here or at the cashier?

一個馬芬和一杯拿鐵咖啡共是多少錢？
How much is a muffin and a latte?

這是什麼費用？
What is this charge for?

我們該付多少小費？
How much should we tip?

那有含稅嗎？
Is that including tax?

你們接受信用卡付費嗎？
Do you accept credit cards?

4 購物

1.購物去囉

CD2-7

這個地帶有百貨公司嗎？

Is there a <u>department store</u> in this area?

替換看看

購物商場 **shopping mall**		雜貨店 **grocery store**	
超級市場 **supermarket**		便利商店 **convenience store**	
運動用品店 **sporting goods store**		書局 **book store**	
唱片行 **CD shop**		藥局 **pharmacy**	
花店 **flower shop**		精品店 **boutique**	
鞋店 **shoe store**		珠寶店 **jewelry store**	
古董店 **antique store**		美容沙龍 **salon**	
美妝用品店 **cosmetics store**		紀念品商店 **souvenir shop**	

2. 女裝在哪裡

CD2-8

女裝在哪裡？
Where is <u>women's wear</u>?

替換看看

男裝 men's wear	童裝 children's wear
化妝品部 the cosmetics department	
家電 home appliances	藥品 the pharmacy
禮品包裝 gift-wrapping	服務台 the information desk
入口（出口） the entrance（exit）	

3. 買小東西（1）

CD2-9

有什麼我可以幫忙的嗎？
May I help you?

—我在找數位相機。
—I'm looking for a digital camera.

替換看看

筆 **a pen**		筆記本 **a notebook**	
書 **a book**		報紙 **a newspaper**	
雜誌 **a magazine**		明信片 **a postcard**	
CD唱片 **a CD**		背包 **a bag**	
帽子 **a hat**		耳環 **earrings**	
自來水筆 **a fountain pen**		隨身日記本 **a pocket dairy**	
唱片 **a record**		領帶 **a tie**	
世界知名品牌 **world famous brands**			

4. 買小東西（2）

CD2-10

我想要買泳衣。
I'd like to buy <u>a swimsuit</u>.

替換看看

比基尼 a bikini	燈具 a lighter
泳褲 **swimming trunks**	緊身衣褲 **pantyhose**
餐具 **tableware**	動物填充玩偶 **a stuffed animal**
煙斗 **a pipe**	皮夾 **wallet**
精油蠟燭 **an aromatic candle**	乾花香料 **potpurri**
內衣褲 **underwear**	襪子 **socks**

5. 我要看毛衣

CD2-11

我要看毛衣。
I'm looking for <u>a sweater</u>.

替換看看

西裝	**a suit**		洋裝	**a dress**	
T恤	**a T-shirt**		裙子	**a skirt**	
睡衣	**pajamas**		牛仔褲	**jeans**	
褲子	**a pair of pants**		手套	**a pair of gloves**	
外套	**a coat**		夾克	**a jacket**	
背心	**a vest**		泳衣	**a swimsuit**	
短上衣（女用）	**a blouse**		胸罩	**a bra**	
領帶	**a tie**		毛巾	**towels**	

補　充		
*內衣 **underwear**	*襪子 **socks**	
*登山鞋 **hiking boots**	*靴子 **boots**	
*高跟鞋 **high heels**	*涼鞋 **sandals**	
*膠底運動鞋 **sneakers**		

6. 買衣服

CD2-12

我正在找T恤。

I'm looking for a T-shirt.

替 換 看 看		
夾克 **jacket**	polo衫 **polo shirt**	
休閒衫 **casual shirt**	套衫 **pullover**	
羊毛衫(胸前開釦的) **cardigan**	牛仔夾克 **jean jacket**	

115

外套 coat		大尺碼 size lage	
洋裝 dress		襯衫 dress shirt	
	裙子 skirt		

7. 店員常說的話

CD2-13

您要什麼？

May I help you?

這個如何？

What about this one?

這是知名品牌。

It's a well-known brand.

你穿起來很好看。

It looks nice on you.

它們真是完美的搭配。
They match perfectly.

它們是拍賣的商品嗎？
Are they on sale?

樣式很流行。
It's in style.

這正好很合身。
It's a perfect fit.

你穿起來真好看。
It looks fabulous on you.

8. 我可以試穿嗎

CD2-14

我可以試穿嗎？
Can I try it on?

我可以看看那個嗎？
Can I see that one, please?

你們有沒有別的顏色？

Do you have this in any other colors?

你穿起來很好看。

It looks nice on you.

很合身。

It fits well.

你可以照照鏡子。

You can take a look in the mirror.

試衣間在那裡？

Where's the fitting room?

不合身。

It doesn't fit.

你們的商品有修改的服務嗎？

Do you do alterations?

9. 我要紅色那件

CD2-15

我要<u>紅色</u>那種的。
I want the <u>red</u> ones.

替換看看

黃色 **yellow**		灰色 **gray**	
橘色 **orange**		紅色 **red**	
粉紅色 **pink**		白色 **white**	
黑色 **black**		咖啡色 **brown**	
灰褐色 **beige**		藍色 **blue**	
綠色 **green**		紫色 **purple**	
金色 **gold**		銀色 **silver**	
格子花紋 **checkered**		條紋 **striped**	

替換看看			
花紋 **flowered**		水珠圖案 **polkadotted**	

10. 這是棉製品嗎

CD2-16

這是<u>棉製品</u>嗎？

Is this <u>cotton</u>?

替換看看			
亞麻布 **linen**		尼龍 **nylon**	
聚酯 **polyester**		絲 **silk**	
毛 **fur**		皮 **leather**	

11. 我不喜歡那個顏色

CD2-17

我不喜歡那個<u>顏色</u>。

I don't like the <u>color</u>.

替換看看			
樣式 **pattern**		品質 **quality**	
材質 **material**			

例句

（摸起來）感覺很舒服。

It feels good.

這只能乾洗嗎？

Is it dry-clean only?

我能把它放進烘衣機嗎？

Can I put it in the dryer?

會縮水嗎？

Will it shrink?

會褪色嗎？

Will the color fade?

能防水嗎？

Is this waterproof?

我能用洗衣機洗嗎？
Can I put it in the washing machine?

這需要手洗嗎？
Do I have to hand-wash this?

我要怎麼保養它？
How should I care for this?

可以掛到外面曬乾嗎？
Can I hang it out to dry?

12. 太小了

CD2-18

太小了。
It's too <u>small</u>.

替換看看			
大 **big**		長 **long**	
短 **short**		簡單／素 **plain**	

| 貴
expensive | 鬆
loose |
| 緊
tight | |

例句

這件對我而言太小了。
It's too small for me.

你有沒有大一點的？
Do you have a bigger one?

這是大尺寸的。
Here is a size large.

我相信這件適合你穿。
I believe it will fit you.

這件適合我。
It fits me well.

13. 我要這件

我喜歡這件。
I like this one.

我要這件。
I'll take this one.

你還要什麼嗎？
Do you need anything else?

這個也不錯。
This one is nice, too.

這個如何？
How about this one?

你要一條裙子來搭配你的新襯衫嗎？
Do you want a skirt to go with your new shirt?

14. 你能改長一點嗎

CD2-20

你能修改一下嗎？麻煩你改長一點。

Can you alter it? Make it a little <u>longer</u>, please.

替換看看

短一點 **shorter**	鬆一點 **looser** 
緊一點 **tighter** 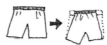	

15. 買鞋子

CD2-21

這雙高跟鞋多少錢？

How much are these <u>high heels</u>?

─這雙要十美元．

─They're $10.

替換看看

帆布運動鞋 **sneakers**	休閒鞋 **loafers**
女用搭配裙子的鞋 **dress shoes**	女用拖鞋 **mules**

靴子 **boots**	西部靴 **cowboy-boots**
網球鞋 **tennis shoes**	慢跑鞋 **jogging shoes**
涼鞋 **sandals**	

16. 有大一點的嗎？

CD2-22

有大一點的嗎？

Do you have <u>a larger size</u>?

替換看看

中碼／M號 **a medium**	加大／XL號 **an extra-large**
小一點 **a smaller size**	更小一點／XS號 **an extra small**

17. 有其他顏色嗎？

CD2-23

有其他顏色嗎？
Do you have any <u>in other colors</u>?

替換看看

其他樣式 **with other designs**	
其他材質 **made from other material**	

其他花色 **with another pattern**	其他款式 **other styles** 

18. 我只是看看

CD2-24

我只是看看。
I'm just looking.

我打算繼續看看。
I'm going to keep looking.

也許下次吧。
Maybe next time.

127

我必須考慮一下。

I need to think about it.

也許不了。

Well, maybe not.

我待會再來。

I'll come back later.

謝謝，我只是看看而已。

Thanks. I'm only browsing.

謝謝！需要幫忙時我會叫你的。

Thank you. I'll let you know if I need any help.

19.購物付錢

CD2-25

這多少錢？

How much is this?

—一千五百元美元。

—1,500 dollars.

旅遊會話

替換看看

一分錢 **1** ¢		五分錢 **5** ¢	
十分錢 **10** ¢		二十五分錢 **25** ¢	
一元美金 **$ 1**		五元美金 **$ 5**	
十元美金 **$ 10**		二十元美金 **$ 20**	
五十元美金 **$ 50**			

CD2-26

20. 討價還價

對我而言太貴了。
It's too expensive for me.

算便宜一點嘛！
A little cheaper, please.

再打個折扣嘛！
A little discount, please.

二十美元的話，我就買了。

If it costs less than $ 20, I could buy it.

他們這禮拜在特賣中。

They're on special this week.

已經降到3美元了。

They've been reduced to 3 dollars.

這是半價了。

They're fifty percent off.

買二送一。

These are buy two, get the third one free.

例句

收銀台在哪裡？

Where is the cashier?

這多少錢？
How much is this?

我還欠你多少錢？
How much do I owe you?

你少付我十元。
You are ten dollars short.

我要刷卡。
I'd like to pay by card.

您要分幾次付款？
How many installments?

一次。
One.

六次。
Six.

我可以付台幣嗎？
Can I pay in Taiwan dollars?

可以幫我寄到台灣嗎？
Could you ship this to Taiwan?

運費多少錢？
How much is the shipping cost?

什麼時候送到？
When will it arrive?

21. 退貨換貨

CD2-27

我要退貨。
I'd like to return this.

我想換貨。
I'd like to exchange this.

我昨天買的。
I bought this yesterday.

我可以用這個換別的東西嗎？
Can I exchange it for something else?

有污漬。
There's a stain.

有個洞。
There's a hole.

不合身。
It doesn't fit.

它讓我看起來很胖。
It makes me look fat.

我改變主意了。
I'm having second thoughts.

我想退錢。
I'd like a refund.

這是收據。
Here's the receipt.

這是不能退的。
It's nonrefundable.

5 各種交通

1. 坐車去囉

CD2-28

去搭巴士吧。
Let's go by <u>bus</u>.

．．．．．．．．．．．．．．．．．．．．．．．．．．．．．．．．．．．

—好。

—Ok.

替換看看

中文	英文	中文	英文
腳踏車	**bike**	汽車	**car**
捷運	**MRT**	火車	**train**
地鐵	**subway**	公車	**bus**
計程車	**taxi**	摩托車	**motorcycle**
輪船	**ship**	飛機	**airplane**
小船	**boat**	直升機	**helicopter**

2. 我要租車

CD2-29

請問你們有小型車嗎？
Do you have any <u>compact</u> cars?

——當然有。
—Of course.

替換看看

省油的 **economy**		中型的 **mid-sized**	
標準規格的 **full-sized**		日本的 **Japanese**	
四門的 **4-door**		美國的 **American**	

例句

總共多少錢？
What is the total?

有包括稅金跟保險費嗎？
Does it include tax and insurance?

我希望投所有的保險。
I'd like full coverage.

135

我的車子故障了。

My car broke down.

我的車爆胎了。

I got a flat tire.

請幫我叫拖車。

Please call a tow truck.

煞車不怎麼靈光。

The brakes don't work very well.

我不會開手排車。你有自排車嗎？

I can't drive a stick. Do you have any automatics?

好用單字

駕照 **driver's license**	國際駕照 **international driving permit**
車子的種類 **type of car** 	租車契約 **rental contract**
（車子）登記書 **registration**	

3. 先買票

CD2-30

去市中心的車票是多少錢？
How much is a ticket to downtown?

來回票
round-trip ticket

單程票
one-way ticket

多少錢？
How much is it?

要花多少時間？
How long does it take?

坐公車比較便宜嗎？
Is it cheaper to go by bus?

你要幾張車票？
How many tickets do you want?

我要買一張票。
I'd like to buy a ticket.

我需要坐在指定的座位嗎？
Do I need to sit in an assigned seat?

4. 坐公車

CD2-31

公車站在哪裡？
Where is the bus stop?

可以給我公車路線圖嗎
Can I have a bus route map?

你們會停西八街嗎？
Do you stop at West 8th Street?

不，請你坐104。
No, take the 104.

車票多少錢？
How much is the fare?

哪一輛公車會到那裡？
Which bus goes there?

去西八街要多久？
How long does it take to West 8th Street?

104號公車來了。
Here comes the number 104 now!

要看路況而定。
It depends on the traffic.

我該下車時請你告訴我好嗎？
Will you tell me when to get off?

我會說出你要下車的站名。
I'll call out your stop.

請給我轉乘票。

May I have a transfer ticket?

我要在這裡下車。

I'd like to get off here.

請開後車門。

Open the rear door,please.

好用單字

回數票 ticket book		一日遊票 one-day pass	
目的地 destination		轉車 transfer	
下一站 next stop		上車 get on	
下車 get off		代幣 token	
閘門 gate			

5. 坐地鐵

CD2-32

地鐵站在哪裡？
Where is the <u>subway station</u>?

替換看看

入口 entrance		出口 exit	
售票機 ticket machine		售票處 fare adjustment office	

例句

這火車有到中央公園嗎？
Does this train go to Central Park?

有，有到。
Yes, it does.

沒到，你必須轉搭紅線。
No. You have to change to the red line.

它有停中央公園嗎？

Will it stop at Central Park?

到中央公園前有幾站？

How many stops until Central Park?

我該到哪裡轉車？

Where do I transfer?

下一班火車是何時到達？

When is the next train?

我該在哪個站下車？

At which stop should I get off ?

我的車票不見了。

I lost my ticket.

不好意思，借過一下。

Would you let me pass, please?

（讓位）請坐這裡。

You can have this seat.

謝謝你。
Thank you.

好用單字

車票 **ticket**	回數券 **coupon ticket**
地鐵車票卡 **a Metro Card**	悠遊卡 **a transit card**

6. 坐火車

CD2-33

請給我一張去長島的車票。
A ticket to Long Island, please.

哪一天的？
For what day?

今天，現在。
Today. Now.

五元。下一班火車在十點四十分開出。
That's five dollars. The next train leaves at 10:40.

（每站都停） 普通車 **local**	快車 **express**
特快車 **limited express**	長途公車 **coach**
臥車 **sleeping car**	標準臥舖（2人臥舖個人房） **standard bedroom**
車廂（有舒適座位及小吃） **club car**	車室 **compartment**
單程車票 **one-way ticket**	來回車票 **round trip ticket**
票價 **train fare**	時間表 **timetable**
候車室 **waiting room**	小吃車廂 **dining car**
讀書燈 **reading light**	車上行李架 **luggage rack**
來回旅程 **round-trip**	單程 **one-way**

7. 坐計程車

CD2-34

去哪裡？
Where to?

173東85街。
173 East 85th Street.

我要到這個地址。
Please take me to this address.

到大中央車站要多久？
How long is the ride to Grand Central Station?

到市中心計程車費要多少？
How much is the cab fare to downtown?

你可以讓我在這裡下車。
You can let me out here.

不必找錢了。
Keep the change.

就停在這裡吧。
Just pull over here.

你可以先停在梅西百貨嗎？
Can you stop by Macy's first?

這就是了。
This is it.

到了。
Here it is.

你可以搖下車窗嗎？
Can you roll down the window?

可以請你開慢點嗎？
Could you please slow down a little?

好用單字			
紅綠燈 **traffic light**		人行道 **sidewalk**	
道路標誌 **road sign**		標誌 **sign**	

| 街區
block | 地下道
underpass |

8. 糟糕！我迷路了

CD2-35

我迷路了。
I think I'm lost.

對不起，你可以告訴我車站在那裡嗎？
Excuse me. Can you show me where the bus station is?

你可以告訴我正確的方向嗎？
Can you point me in the right direction?

我該怎麼去SOHO區呢？
How can I get to SOHO?

我想到王子大廈。

I want to go to the Prince's Building.

很遠嗎？

Is it far?

有多遠呢？

How far is it?

從這裡到那裡只隔幾個街區。

It's only a couple of blocks from here.

這條路直走。

Go straight down this street.

這條路走約50公尺。

Go down this street about fifty meters.

在第二個紅綠燈右轉。

Turn right at the second traffic light.

在第二個轉角左轉。

Turn left at the second corner.

過橋後左轉。

Go across the bridge and take a left.

就在右邊。

It's on the right side.

一直往前走，你一定到得了。

Go along and you're sure to get there.

從這到那裡很遠。

It's far from here.

你應該坐公車的。

You should go by bus.

請告訴我怎麼去。

Tell me how to get there, please.

9. 其它道路指引說法

CD2-36

就在火車站旁邊
next to the train station

就在路口
at the corner

就在下一個十字路口
at the next intersection

在你左手邊
on your left-hand side

在梅西百貨和維京唱片之間
between Macy's and Virgin Records

過那個紅綠燈
past that traffic light

在第三個路口右轉
turn right at the third corner

直走過兩個街區
go straight 2 blocks

6 詢問中心

1. 在旅遊諮詢中心

CD2-37

請給我觀光地圖。
Could I have a sightseeing map, please?

替換看看

公車路線圖 **a bus route map**	地鐵路線圖 **a subway route map**
餐廳資訊 **a restaurant guide**	購物資訊 **a shopping guide**

2. 有一日遊嗎

CD2-38

你有一日遊嗎？
Do you have a full-day tour?

替換看看

半天 **a half-day**	晚上 **a night**

例句

旅遊諮詢中心在哪裡？
Where is the tourist information center?

你有滑雪之旅嗎？

Do you have a tour for skiing?

什麼時候開門？

When is it open?

博物館今天有開嗎？

Is the museum open today?

你能推薦一家好餐廳嗎？

Can you recommend a good restaurant?

你知道去哪裡參加旅遊團嗎？

Do you know where to join a tour?

他們有沒有講中文的導遊？

Do they have a Chinese-speaking guide?

博物館的入場費要多少錢？

How much does admission to the museum cost?

博物館內有咖啡廳嗎？

Is there a cafe in the museum?

你有語音導覽嗎？

Do you have an audio guide?

遊覽車集合場所在哪裡？

Where is the pick-up point?

3. 我要去迪士尼樂園

CD2-39

我要去迪士尼樂園。

I want to go to Disney Land.

替換看看

看／煙火表演 see／a fireworks display	
登山／某處 go hiking／somewhere	去／跳蚤市場 go to／a flea market
看／百老匯表演 see／a Broadway show	看／展覽 see／an exhibition

153

替換看看

看/電影
see / a movie

看/籃球比賽
see / a basketball game

4. 我要怎麼去艾菲爾鐵塔

CD2-40

我要去艾菲爾鐵塔（法國）。

I would like to go to the Eiffel Tower.

替換看看

羅浮宮（法國） **Louvre** **(France)**	萬里長城（中國） **Great Wall of** **China (China)**
紫禁城（中國） **Forbidden City (China)** 	
吉薩金字塔（埃及） **Great Pyramids of Giza** **(Egypt)** 	
人面獅身像（埃 **Sphynx** **(Egypt)**	泰姬瑪哈陵（印度 **Taj Mahal** **(India)**
澳洲大堡礁（澳洲） **Great Barrier Reef (Australia)** 	

154

旅遊會話

替換看看

雪梨歌劇院（澳洲）
Sydney Opera House (Australia)

尼加拉瓜大瀑布（美國） *
Niagra Falls (USA)

* "Niagra Falls" 不加 "the"。

大峽谷（美國）
Grand Canyon (USA)

自由女神像（美國）
Statue of Liberty (USA)

比薩斜塔（義大利）
Leaning Tower of Pisa (Italy)

好用單字

美術館
art museum

博物館
museum

動物園
zoo

水族館
aquarium

公園
park

大廈
building

大廳
hall

圖書館
library

教堂
church

5. 我想騎馬

我想要去試試騎馬。

I'd like to try <u>horseback riding</u>.

替換看看

泛舟 **rafting**	滑翔翼 **paragliding**
熱氣球之旅 **hot air balloon riding**	跳傘 **parachuting**
深海潛水 **scuba diving**	高空彈跳 **bungy jumping**
滑雪 **skiing**	射擊 **shooting**

例句

我可以租釣魚用具嗎？

Can I rent fishing tackle?

腳踏車出租店在哪裡？

Where is the bicycle rental shop?

我可以租些裝備嗎？

Can I rent some equipment?

這是什麼樣的活動？
What kind of event is it?

在哪裡舉辦？
Where is it held?

幾點開始？
What time does it start?

小孩可以參加嗎？
Can children join it?

好用單字

高爾夫球場 driving range	海邊／海灘 beach
釣魚場 fishing spot	滑雪場 skiing resort
潛水場 diving spot	夜市 night market
跳蚤市場 flea market	高爾夫球具 golf clubs

| 滑雪用具 skiing outfit | 潛水用具 diving gear |

6. 漫遊美國各州

CD2-42

這是你第一次去俄亥俄州嗎？

Is this your first time to visit Ohio.

一對。

—Yes.

替換看看

阿拉巴馬州 **Alabama (AL)**	阿拉斯加州 **Alaska (AK)**
亞利桑那州 **Arizona (AZ)**	阿肯色州 **Arkansas (AR)**
加利佛尼亞州 **California (CA)**	科羅拉多州 **Colorado (CO)**
康乃狄克州 **Connecticut (CT)**	德拉瓦州 **Delaware (DE)**
首都華盛頓 **Washington DC (the District of Columbia)**	

佛羅里達州 **Florida (FL)**	喬治亞州 **Georgia (GA)**
關島 **Guam**	夏威夷州 **Hawaii (HI)**
愛達荷州 **Idaho (ID)**	伊利諾州 **Illinois (IL)**
印地安那州 **Indiana (IN)**	愛荷華州 **Iowa (IA)**
堪薩斯州 **Kansas (KS)**	肯塔基州 **Kentucky (KY)**
路易斯安那州 **Louisiana (LA)**	緬因州 **Maine (ME)**
馬里蘭州 **Maryland (MD)**	麻薩諸塞州 **Massachusetts (MA)**
密西根州 **Michigan (MI)**	明尼蘇達州 **Minnesota (MN)**
密西西比州 **Mississippi (MS)**	密蘇里州 **Missouri (MO)**

7. 看看各種的動物

你最喜歡什麼動物？

What's your favorite animal?

— 我喜歡狗。

—I like the <u>dog</u>.

替換看看

*貓 **cat**		*兔子 **rabbit**	
*松鼠 **squirrel**		老鼠 **mouse／mice**	
倉鼠 **hamster**		馬 **horse**	
牛 **cow**		羊 **sheep**	
山羊 **goat**		鹿 **deer**	
馴鹿 **reindeer**		豬 **pig**	
熊 **bear**		狼 **wolf**	

160

大象 **elephant**		獅子 **lion**	
犀牛 **rhino**		豹 **leopard**	
	熊貓 **panda**		

8. 景色真美耶

CD2-44

景色真美耶！

What a great view!

這真不錯。

That's neat.

真的好極了。

It's fantastic.

食物很好吃。

The food is really yummy.

我喜歡這裡的氣氛。
I like the atmosphere here.

那真大呀！
That's so huge!

這是法國最古老的美術館。
This is the oldest museum in France.

有多古老？
How old is it?

有一千多年了。
It's over one thousand years old.

我可以拍你幾張照片嗎？
Shall I take some pictures of you?

打擾您一下，可以請您幫我們拍照嗎？
Excuse me, sir. Could you take a picture of us?

各位，笑一個。
Smile, everyone!

9. 帶老外遊台灣

CD2-45

你明天要去哪裡？
Where are you going tomorrow?

─我們要去宜蘭。
─We're going to Yilan.

替換看看

彰化 **Changhua**	嘉義 **Chiayi**
新竹 **Hsinchu**	花蓮 **Hualien**
高雄 **Kaohsiung**	基隆 **Keelung**
金門 **Kinmen**	連江縣 **Lienchiang**
苗栗 **Miaoli**	南投 **Nantou**
澎湖 **Penghu**	屏東 **Pingtung**
臺中 **Taichung**	臺南 **Tainan**

臺北 **Taipei**	臺北縣 **Taipei County**
臺東 **Taitung**	桃園 **Taoyuan**
雲林 **Yunlin**	

你的<u>板橋林家花園</u>之旅如何？
How was your trip to <u>Lin Family Garden</u>?

－非常的有趣！
—**It was fun!**

替換看看

台北木柵動物園 **Taipei Mu Cha Zoo**	台北101大樓 **Taipei 101**
總統府 **The Presidential Office Building** 	
中正紀念堂 **Chiang Kai-shek Memorial Hall**	
台北忠烈祠 **Martyrs Shrine**	

國立故宮博物院
the National Palace Museum

國父紀念館
Sun Yat-sen Memorial Hall

三峽清水祖師廟
Sansia Ching Shui Tsu Shih Temple

基隆市廟口小吃
Keelung Miaokou Snacks

大坑森林遊樂區
Dakeng Scenic Area

台中民俗公園
Taichung Folk Park

六合夜市
Liu-ho Night Market

愛河公園
Love River Park

墾丁國家公園
Kenting National Park

10. 我要看獅子王

CD2-46

我想看獅子王。
I'd like to see _The Lion King_.

替換看看

美女與野獸 _Beauty & the Beast_	貓 _Cats_
芝加哥 _Chicago_	42號街 _42nd Street_

11. 買票看戲

CD2-47

我們買票必須排隊。

We have to wait in line to buy our tickets.

有座位嗎？

Are there any seats?

一張票多少錢？

How much is a ticket?

有沒有議價空間？

Any concessions?

全部售出。
Sold out.

下一個表演是在什麼時候？
What time is the next show?

有沒有中場休息時間？
Is there an intermission?

我們可以在裡面喝東西嗎？
Can we drink inside?

你們會給學生打折嗎？
Is there a student discount?

你們有沒有較便宜的座位？
Do you have any cheaper seats?

可以給我節目表嗎？
Could I have a program, please?

我要好位子的。
I want a good seat.

請給我三張票。
Three tickets, please.

兩張貴賓席的票。
Two VIP seats, please.

兩張下星期五的票。
Two tickets for next Friday.

好用單字

中間的座位 center seats		交響樂團 orchestra	
夾層前排 front mezzanine		夾層 mezzanine	
夾層後排 rear mezzanine		包廂 balcony	
非對號座位 unreserved seat		站位 standing room	
白天場 matinee		晚上場 evening performance	

12. 哇！他的歌聲真棒

CD2-48

哇！這歌手真棒！
Wow! The <u>singer</u> is wonderful!

替換看看

電影 movie	表演 show
百老匯表演 Broadway show	電影 film
音樂會 concert	歌劇 opera
諷刺短劇 skit	戲 play
芭蕾舞 ballet	戲劇 drama
遊行 parade	露天劇場 open-air theater

例句

太棒了！
Bravo!

太美了！
Fantastic!

再來一次！/ 安可！
Encore!

真酷！
Awesome!

13. 附近有爵士酒吧嗎

CD2-49

附近有爵士酒吧嗎？
Is there a jazz pub around here?

替換看看			
鋼琴酒吧 **piano bar**		夜總會 **night club**	
舞廳 **disco**		主題餐廳 **theater restaurant**	
酒吧 **bar**		酒店 **cabaret**	
小餐廳 **cafe**		咖啡廳 **coffee shop**	
	賭場 **casinos**		

我要香檳。

I'll have <u>champagne</u>.

替換看看

威士忌 **whisky**		白蘭地 **brandy**	
蘇格蘭威士忌 **scotch**		琴酒 **gin**	
馬丁尼 **a martini**		龍舌蘭酒 **tequila**	
不加水 **it straight**		加水 **it with of water**	
（啤酒）小杯 **a half pint**		（啤酒）大杯 **one pint**	

例句

今晚有現場演奏嗎？

Do you have a live performance tonight?

有穿著限制嗎？

Do you have a dress code?

我要穿什麼衣服？
How should I be dressed?

您要喝些什麼飲料嗎？
Would you like something to drink?

給我生啤酒。
Some draft beer, please.

給我波旁威士忌。
Bourbon, please.

乾杯！
Cheers!

再來一杯！
One more, please.

14. 看棒球比賽

CD2-50

我要靠一壘的位子。

A seat on the first base line, please.

替換看看

靠三壘的 **on the third base line**	靠內野的 **in the infield section**
靠外野的 **in the outfield section**	靠本壘的 **behind home plate section**

例句

哪些隊在比賽？

Which teams are playing?

現在打到哪一局了？

What inning is it?

打到7局後半了。

It's the bottom of the seventh.

你最喜歡哪一隊？

What is your favorite team?

173

棒球在美國是最受歡迎的運動之一。

Baseball is one of the most popular sports in America.

開賽！

Play ball!

帶我去看棒球賽吧！

Take me out to the ball game!

你認為哪一隊會贏？

Who do you think is going to win?

我是西雅圖水手隊的球迷。

I'm a Seattle Mariners fan.

替換看看

巴爾的摩金鶯隊		波士頓紅襪隊	
Baltimore Orioles		**Boston Red Sox**	

替換看看

紐約洋基隊 **New York Yankees**	坦帕灣魔鬼魚隊 **Tampa Bay Devil Rays**
多倫多藍鳥隊 **Toronto Blue Jays**	芝加哥白襪隊 **Chicago White Sox**
克里夫蘭印第安人隊 **Cleveland Indians**	底特律老虎隊 **Detroit Tigers**
堪薩斯皇家隊 **Kansas City Royals**	明尼蘇達雙城隊 **Minnesota Twins**

洛杉磯天使隊
Los Angeles Angles of Anaheim

| 奧克蘭運動家隊
Oakland Athletics | 西雅圖水手隊
Seattle Mariners |

德州游騎兵隊
Texas Rangers

好用單字

| 棒球賽
baseball game | 投手
pitcher |
| 捕手
catcher | 打擊者
batter |

經理 **manager**		三振 **strikeout**	
四壞球 **walk**		盜壘 **steal**	
全壘打 **homerun**		再見全壘打 **walk off home run**	

15. 看籃球比賽

CD2-51

我要去看籃球賽。

I'd like to go to a <u>basketball game</u>.

替換看看

美式足球賽 **football game**		足球賽 **soccer game**	
棒球賽 **baseball gam**		網球賽 **tennis match**	
高爾夫球賽 **golf match**		曲棍球賽 **hockey game**	
拳擊賽 **boxing match**		賽車 **car race**	

例句

你最喜歡哪個選手？
Who is your favorite player?

我是紐約尼克隊的超級球迷。
I'm a big fan of the New York Knicks.

能請你簽名嗎？
May I have your autograph?

入口在哪裡？
Where is the entrance?

販賣場在哪裡？
Where is the concession stand?

投籃！
Shoot it!

防守！
Defense!

妙傳！
Nice pass!

好球！
Nice shot!

好用單字		
傳球 **pass**	工作人員 **official**	
犯規 **foul**	灌籃 **slam dunk**	
大滿貫 **grand slam**	得分 **score**	
觸地得分 **touchdown**	18比20 **18 to 20**	

7 看病

1. 你臉色看起來不太好呢

CD2-52

你臉色看起來不太好。
You don't look well.

你怎麼了？
What's wrong?

我想我生病了。
I think I'm sick.

我看你最好還是去看醫生。
I think you had better to go to see a doctor.

麻煩你打911。
Call 911, please.

醫院在哪裡？
Where's the hospital?

醫生在哪裡？
Where's the doctor?

我沒關係，我只是需要休息一下。

I'll be OK. I just need to rest.

你有維他命C嗎？

Do you have any vitamin C?

你可以做雞湯給我吃嗎？

Can you make me some chicken soup?

我需要躺下來。

I need to lie down.

2. 我要看醫生

CD2-53

我要看內科醫生。

I'd like to see a medical doctor.

替換看看	
外科醫生 **a surgeon**	眼科醫生 **a pediatrician**
婦科醫生 **a gynecologist**	小兒科醫生 **an ophthalmologist**

3. 我肚子痛

CD2-54

我肚子痛。

I have <u>a stomachache</u>.

替換看看

頭痛 **a headache**		流鼻涕 **a runny nose**	
背痛 **a backache**		牙痛 **a toothache**	
耳朵痛 **an earache**		感冒 **the flu**	
發燒 **a fever**		咳嗽 **a cough**	
喉嚨痛 **a sore throat**		食物中毒 **food poisoning**	
	腹瀉 **diarrhea**		

我覺得渾身無力。
I feel <u>weak</u>.

替換看看			
渾身發冷 **chilly**		非常疲倦 **very tired**	
身體發熱 **feverish**		想吐 **sick**	

我在發冷。
I am <u>cold</u>.

替換看看			
頭暈 **dizzy**		昏沉沉 **drowsy**	
對…過敏 **allergic to…**		便秘 **constipated**	

例句

我感到渾身無力而且頭痛。

I feel weak and have a headache.

現在感覺好一點了。

It's a little better now.

可能這幾天我太累了。

Maybe I'm too tired these days.

希望你快點好起來。

I hope you'll get well soon.

謝謝你的關心。

Thanks for your concern.

謝謝你那麼照顧我。

Thanks for taking such good care of me.

你有阿司匹靈嗎？

Do you have any aspirin?

腸胃炎
GI (gastrointestinal) infection

心臟病發 **heart attack**	高血壓 **high blood pressure**
哮喘 **asthma**	糖尿病 **diabetes**
骨折 **a broken bone**	抽筋 **a sprain**

我頭痛。

My <u>head</u> hurts.

替換看看

肚子 **tummy**	腳 **foot / feet**
背 **back**	手腕 **wrist**
耳朵 **ear**	下背部 **lower back**
手臂 **arm**	喉嚨 **throat**

牙 tooth		脖子 neck	
膝蓋 knee(s)			

4. 把嘴巴張開

CD2-55

你有覺得什麼地方不舒服嗎？
Do you feel any discomfort?

你不冷嗎？
Aren't you cold?

我沒有胃口。
I don't feel like eating.

請躺下。
Please lie down.

這裡痛嗎？
Does it hurt?

把嘴巴張開。
Open your mouth.

請張口說：「啊」！
Please say "Ahh".

讓我看看你的眼睛。
Let me look at your eye.

塗藥膏。
Apply the ointment.

我幫你開藥方。
I'll write you a prescription.

深呼吸。
Take a deep breath.

我們需要幫你照X光。
We need to take an X-ray.

我可以繼續旅行嗎？
Can I continue my trip?

大約一星期就好了吧！
You will get well in one week.

我需要住院嗎？
Do I need to be hospitalized?

需要（不需要）。
Yes（No）.

5. 一天吃三次藥

CD2-56

一天服用三次。
Three times daily.

（說明）寫在瓶上。
It's on the bottle here.

每天要服用這個三次。
Take this three times daily.

飯後服用。
Take this after meals.

不要和果汁一起服用。
Do not take it with juice.

七日用藥。
7 days of medication.

你有沒有對什麼藥物過敏？
Are you allergic to any medication?

把這藥膏塗在傷口上。
Apply this ointment to the wound.

口服藥。
Oral medication.

三歲以下的兒童用藥。
For children under 3 years of age.

服用前請諮詢醫生。
Consult a doctor before using.

好用單字

藥局	感冒藥
pharmacy	**cold medicine**

退燒藥劑 **an antipyretic**	胃藥 **medicine for the stomach**
消化藥 **a digestive**	抗生素 **antibiotics**
阿司匹靈 **aspirin**	止痛藥 **pain killer**
保險套 **a condom**	痰 **phlegm**
汗 **sweat**	腫脹 **swelling**

6. 我覺得好多了

CD2-57

我覺得好多了。

I feel much better.

我現在沒事了。

I'm OK now.

我復原得不錯。
I'm doing fine.

我好多了。
I'm better now.

我現在覺得又是一條活龍。
I'm as good as new!

我壯得像頭牛。
I'm as healthy as a horse.

8　遇到麻煩

1. 我遺失了護照

CD2-58

我遺失了護照。
I lost my <u>passport</u>.

替換看看

信用卡 **credit card**	鑰匙 **keys**
照相機 **camera**	行李 **luggage**
飛機票 **flight ticket**	項鍊 **necklace**
手錶 **watch**	眼鏡 **glasses**

我的皮夾被偷了。
My <u>wallet</u> was stolen.

替換看看

飛機票 **airline ticket**	筆記型電腦 **laptop**
提款卡 **ATM card**	戒指 **ring**

手提箱 **suitcase**	包包 **bag**
手機 **cell phone**	錢 **money**

2. 我把它忘在公車上了

我把它忘在公車上了。

I left it <u>on the bus</u>.

在火車上 **on the train**	在桌上 **on the table**
在計程車裡 **in the taxi**	在飯店裡 **in the hotel**
在101房裡 **in room 101**	在收銀台上 **at the cashier**

例句

不要跑！小偷！

Stop! Thief!

救命啊！我被搶了！

Help! I've just been mugged!

天啊！我該怎麼辦？
Oh, no! What shall I do?

我遇到了麻煩。
I am having some trouble.

我想有人拿去了。
I think someone took it.

你可以幫忙找嗎？
Can you help me find it?

請幫助我。
Would you help me, please?

天啊！這真是棒呆了！（說反話）
Oh, man! This is just great!

我該報警嗎？
Should I call the police?

我裡面有大概三百美元。
There was about 300 US dollars inside it.

Part4

附　錄

1 基本數字

1. 數字

替換看看

1	2
one	two
3	4
three	four
5	6
five	six

7 **seven**	8 **eight**
9 **nine**	10 **ten**
11 **eleven**	12 **twelve**
13 **thirteen**	14 **fourteen**
15 **fifteen**	16 **sixteen**
17 **seventeen**	18 **eighteen**
19 **nineteen**	20 **twenty**
30 **thirty**	40 **forty**
50 **fifty**	60 **sixty**
70 **seventy**	80 **eighty**

90 **ninety**	100 **one hundred**
110 **one hundred and ten**	120 **one hundred and twenty**
130 **one hundred and thirty**	140 **one hundred and forty**
150 **one hundred and fifty**	160 **one hundred and sixty**
170 one hundred and seventy	180 **one hundred and eighty**
190 **one hundred and ninety**	200 **two hundred**
300 **three hundred**	400 **four hundred**
500 **five hundred**	600 **six hundred**
700 **seven hundred**	800 **eight hundred**

替換看看

900 **nine hundred**	1000 **one thousand**
1001 **one thousand and one**	2000 **two thousand**
3000 **three thousand**	4000 **four thousand**
5000 **five thousand**	6000 **six thousand**
7000 **seven thousand**	8000 **eight thousand**
9000 **nine thousand**	一萬 **ten thousand**
十萬 **one hundred thousand**	一百萬 **one million**
一千萬 **ten million**	一億 **one hundred million**
十億 **one billion**	

2. 星期

星期天 **Sunday**	星期一 **Monday**
星期二 **Tuesday**	星期三 **Wednesday**
星期四 **Thursday**	星期五 **Friday**
星期六 **Saturday**	

3. 時間

一點鐘 **one o'clock**	兩點鐘 **two o'clock**
三點鐘 **three o'clock**	四點鐘 **four o'clock**
五點鐘 **five o'clock**	六點鐘 **six o'clock**
七點鐘 **seven o'clock**	八點鐘 **eight o'clock**

替換看看

九點鐘 **nine o'clock**	十點鐘 **ten o'clock**
十一點鐘 **eleven o'clock**	十二點鐘 **twelve o'clock**

好用單字

10分鐘 **10 minutes**	15分鐘 **15 minutes**
30分鐘 **30 minutes**	1個小時 **an /1 hour**
2個小時 **2 hours**	2個半小時 **2 and (a) half hours**
一天 **one day**	半天 **half a day**
再5分四點 **5 minutes before four o'clock**	
再10分八點 **10 to 8**	30分內 **in 30 minutes**

1小時內 **in an hour**	2、3分內 **in a few minutes**
午前，上午 **a.m.**	午後，下午 **p.m.**

4. 月份

替換看看

一月 **January**	二月 **February**
三月 **March**	四月 **April**
五月 **May**	六月 **June**
七月 **July**	八月 **August**
九月 **September**	十月 **October**
十一月 **November**	十二月 **December**

5. 日期

替換看看

一日 the first／1st	二日 the scond／2nd
三日 the third／3rd	四日 the fourth／4th
五日 the fifth／5th	六日 sixth／6th
七日 seventh／7th	十一日 eleventh／11th
十二日 twelveth／12th	二十一日 21st
二十二日 22nd	二十三日 23rd
三十一日 31st	

2 喜怒哀樂的說法

1. 心情好

太好了！ **Yes!**	真好！ **Yeah!**
太棒了。 **Great.**	感謝上帝。 **Thank God.**
感謝神。 **Thank Heavens.**	真是美好的一天。 **What a great day.**
我真幸運。 **I got lucky.**	好有趣。 **How fun!**
看起來好棒。 **It looks nice.**	聽起來不錯。 **Sounds good.**
好棒！ **Awesome!**	太棒了！ **Wonderful!**
漂亮！ **Sweet!**	酷！ **Cool!**
我做到了。 **I did it.**	我們做到了。 **We made it.**
鬆一口氣。 **What a relief.**	這就是了。 **This is it.**

2. 抱怨

你在幹什麼？
What the heck are you doing?

你在胡說什麼？
What that hell are you talking about?

你在亂想些什麼？
What on the earth are you thinking?

真粗魯。
How rude.

你以為你是誰啊？
Who do you think you are?

他以為他是誰啊？
Who does he think he is?

試都別試。
Don't even try it.

想都別想。
Don't even think about it.

你怎麼會這麼做？
How could you do this?

你怎麼會怎麼對我說？
How could you say this to me?

這真笨。
That is so lame.

爛透了！
That sucks!

我無法相信。
I can't believe it.

太荒謬了。
It's so ridiculous.

別愚弄我。
Don't fool me.

你在開玩笑吧？
You've got be kidding.

你饒了我吧，好嗎？
Give me a break, would you?

真不公平。
That's so unfair.

3. 同情安慰

怎麼了？
What's the matter?

發生什麼事了？
What's going on?

嘿，怎麼了？
Hay, What happened?

什麼不對勁嗎？
Something wrong?

你在想什麼？
What's on your mind?

你在煩惱什麼？
What's bothering you?

你有什麼心事？
What's eating you?

你還好嗎？
Are you alright?

你看起來很傷心。
You look sad.

你看起來又傷心又疲倦。
You look sad tired.

只要中學的 **50個句型**

 附CD

It's easy to speak good American by this book.

里昂◎著

英語會話

著　　者──里昂◎著

發 行 人──林德勝

出 版 者──山田社文化事業有限公司

地　　址──臺北市大安區安和路一段112巷17號7樓

電　　話──02-2755-7622

傳　　真──02-2700-1887

總 經 銷──聯合發行股份有限公司

地　　址──新北市新店區寶橋路235巷6弄6號2樓

電　　話──02-2917-8022

傳　　真──02-2915-6275

印　　刷──上鎰數位科技印刷有限公司

法律顧問──林長振法律事務所 林長振律師

郵政劃撥 19867160 號 大原文化事業有限公司

初　　版──2014年6月

書+2CD ──定價新台幣299元

書CD並用，成效最佳

ISBN:978-986-246-332-1